Olivia

y Nico, amigo por sorpresa

Beascoa

MONSURÓS
LAURA VAQUÉ

Para mis tres tesoritos "tarragonins" Judith, Vinyet y Andreu. (M.C.)
A ti, Nena, infinitamente. (L.V.)

Primera edición: junio 2015

© 2015 Penguin Random House Grupo Editorial, S.A.U.
Travessera de Gràcia, 47-49. 08021 Barcelona

© 2015, Laura Vaqué, por el texto
© 2015, Montse Casas, por las ilustraciones

ISBN: 978-84-488-4413-4
Depósito legal: B-12013-2015
Impreso en Impuls45
BE 44134

El papel utilizado para la impresión de este libro ha sido fabricado a partir de
madera procedente de bosques y plantaciones gestionadas con los más altos
estándares ambientales, garantizando una explotación de los recursos sostenible
con el medio ambiente y beneficiosa para las personas.
Por este motivo, Greenpeace acredita que este libro cumple los requisitos
ambientales y sociales necesarios para ser considerado un libro «amigo de los
bosques». El proyecto «Libros amigos de los bosques» promueve la conservación
y el uso sostenible de los bosques, en especial de los Bosques Primarios, los
últimos bosques vírgenes del planeta.

Olivia llevaba horas ensayando delante del espejo de su habitación. ¡Era tan divertido verla! Hablaba sola, ponía caras raras, cambiaba el tono de voz, gesticulaba con un boli en la mano, sujetaba una carpeta, se ponía unas gafas, se las quitaba…

Zurcidos la observaba, divertida, desde encima de la cómoda. De vez en cuando le devolvía un gesto de aprobación, pero otras veces tenía que taparse la boca con una de sus patitas porque le entraba la risa…

—¡Zurcidos, no te rías! ¡Estoy supernerviosa!

Pues sí, las hadas también se ponen nerviosas antes de hacer algo importante por primera vez.

Y Olivia iba a estrenarse como profe.

Mientras iba de una habitación a otra y se cambiaba de ropa tropecientas veces, se preguntaba por qué habría aceptado la propuesta de la escuela de diseño de dar una clase a los alumnos de último curso.

Pero el caso es que había aceptado.
Y aunque se le pasó por la cabeza llamar
a última hora y decir, por ejemplo:

- Que se había comido cuatro helados y se había quedado sin voz (lo de los cuatro helados era verdad).

- Que había perdido una aguja en un pajar y tenía que encontrarla.

- Que aquella mañana veía doble.

Lo cierto es que Olivia era incapaz de mentir. De hecho, si decía una mentira muy gorda (y quizá esto no lo sepáis) ¡su pelo se ponía de color naranja! Así que, no le dio más vueltas, y fue a la escuela.

Al llegar, la directora presentó a Olivia a los alumnos. Ya os podéis imaginar lo contentos que estaban. Todos aquellos aspirantes a diseñadores sabían quién era Olivia, y el hecho de que hubiese estudiado en su misma escuela resultaba muy emocionante.

Olivia, a pesar de los nervios, se había preparado muy bien la clase. Llevaba dibujos de sus diseños y explicó a los alumnos algunos trucos de cómo trabajaba, en qué se inspiraba y quiénes eran sus diseñadoras y diseñadores preferidos.

Todos los alumnos se lo pasaban bomba, les encantaba lo que Olivia contaba y no paraban de levantar la mano para hacer preguntas. Bueno, todos menos uno.

Estaba sentado al final del aula y no había dicho ni una palabra en toda la hora de clase. Además, Olivia se fijó en que de vez en cuando escribía algo en su libreta.

No estaba segura de si lo que hacía era tomar notas o dibujar garabatos. Ella recordaba haberlo hecho en alguna ocasión, cuando su cabeza se iba muy, muy lejos de la clase… Vamos, cuando se aburría como una ostra.

Lo cierto es que Olivia pensó que el chico de la última fila no tenía ningún interés, pero…

Al salir de la escuela, Olivia lo vio en la calle. Parecía estar esperando a alguien. Y así era, la estaba esperando a ella.

—Hola Olivia —dijo con una gran sonrisa—, me llamo Nico. Quería decirte que me ha encantado tu clase, ha sido genial todo lo que nos has contado.

—¿De veras? Te he visto tan callado que me daba la sensación de que te aburrías.

—Estaba atento, es todo, no suelo participar mucho en clase… —y al decir esto el chico bajó la cabeza y se sonrojó. Olivia notó que sin querer había hecho que se sintiera mal, de modo que cambió el tono.

—Cuéntame, ¿qué has pensado hacer cuando termines la escuela?

—Pues el caso es que… —Nico pareció dudar–. El caso es que quería pedirte que vieras mi proyecto de final de curso.

—¿Yo? —Olivia dudó un momento, pero enseguida reaccionó–: ¡Claro, cómo no! Si puedo ayudarte en algo… —se ofreció.

—Pues… la verdad es que quería pedirte algo más, algo muy importante para mí. —Y aquí Nico tomó aire como para llenarse de valor—. Me gustaría muchísimo poder hacer unas prácticas contigo, trabajar unos días en tu estudio, si es posible…

A Olivia aquello sí que la pilló por sorpresa, ni se le había pasado por la cabeza que alguien quisiera aprender trabajando con ella. Se quedó mirándolo en silencio sin saber muy bien qué decir.

—No te molestaré, te lo prometo —y Nico le mostró otra enorme sonrisa.

—Pues no sé… Por qué no. —Y mientras decía esto Olivia pensó que a ella también le hubiera encantado hacer algo así cuando estudiaba—. Podrías venir por las tardes, después de las clases. Seguro que puedes echarnos una mano.

¡Trato hecho! A partir de la semana siguiente Nico iría unas horas cada día para ayudar y aprender en el estudio de Olivia.

Ni os imagináis lo contento que
estaba Nico. Cuando se alejó montado
en su moto todavía se le oía silbar.

Mientras Olivia regresaba a casa dando un paseo repasó cómo había ido el día. Después de tantos nervios se había sentido tan bien en clase que estaba muy contenta. Y luego la propuesta de Nico…

De repente pensó en Frufrú: «¿Quizá debería haberlo consultado con ella antes de decirle a Nico que sí? —se preguntó mientras se frotaba la naricita—. ¡Bah! Conociendo a Frufrú seguro que le parecerá genial».

Pero ni os imagináis lo equivocada que estaba Olivia…

—¿¿¿Quééé??? ¿¿¿Ese creído??? —dijo Frufrú con cara de… bueno, con una cara muy fea.

—¿Pero le conoces? —preguntó Olivia entre sorprendida y aterrorizada por la reacción de Frufrú.

—No lo conozco ni ganas. Pero sé perfectamente quién es. Me lo encuentro en TODAS partes, siempre va con ESA perilla, vestido de ESA manera, con ESA moto contaminante haciéndose el moderno.

Menudo lío se iba a formar… Y Olivia en medio de aquel huracán.

—Frufrú, siento no habértelo consultado antes de decirle que sí. Ni se me ocurrió que pudiera molestarte. Ahora no puedo echarme atrás, ¿lo entiendes, verdad? Espera a conocerlo, ya verás que Nico es muy simpático.

—¡Nico!, lo que faltaba. Encima se llama Nico —resopló Frufrú.

—¿Pero qué pasa con su nombre? —Olivia no salía de su asombro, no había visto nunca así a Frufrú.

—Pues que seguro que se llama Nicolás y se hace llamar Nico porque queda más guay —y al decir esto Frufrú puso los ojos en blanco.

Olivia no sabía cómo solucionar aquello. Solo se le ocurrió cruzar los dedos y confiar en que cuando se conocieran las cosas fueran mejor. Pero no fue exactamente así.

Nico empezó a ir por las tardes al taller. En aquella época Olivia y Frufrú tenían mucho trabajo preparando los modelos para un concurso de diseño al que se iban a presentar.

Para el concurso, debían diseñar una colección de moda inspirada en París. La colección ganadora se presentaría en una pasarela que se celebraba cada año en la ciudad. Olivia y Frufrú iban a participar por primera vez.

CONCURSO
GRAN PASARELA
DE MODA EN PARÍS
NUEVA COLECCIÓN

Nico, durante las horas que pasaba en el taller con Olivia y Frufrú, echaba una mano en algunas tareas: cortaba patrones, se encargaba de probar los prototipos en el maniquí o buscaba ideas en revistas.

Olivia se alegraba de haber aceptado la propuesta de Nico. Tener un ayudante en prácticas resultaba muy útil.

Por su parte, Nico también estaba contento. Aprendía muchísimo y encima se divertía de lo lindo.

Frufrú, sin embargo, no parecía tan feliz. No era la misma cuando Nico rondaba por el taller. Estaba más seria, y si Nico le preguntaba algo no podía mirarle a los ojos, se sonrojaba y contestaba con monosílabos: «sí» o «no», y nada más. Ni ella misma sabía lo que le pasaba.

Nico se daba cuenta de que no le caía bien a Frufrú. No sabía por qué y le daba pena porque a él sí le gustaba Frufrú. Hizo algún intento por ser simpático pero parecía que aquello aún estropeaba más las cosas.

Un día, mientras trabajaban los tres en la buhardilla, Olivia exclamó:

—¡Oh no, he olvidado recoger unas cintas de la tienda del centro, y cierra en diez minutos!

—¡Vamos, si te llevo en moto llegaremos a tiempo! —se ofreció Nico mientras se ponía la chaqueta sin perder ni un segundo.

—¿De verdad? ¡Qué bien, me haces un gran favor! ¡Frufrú, volvemos enseguida!

Y ambos desaparecieron por la puerta como dos estrellas fugaces.

Frufrú se acercó a la ventana y se quedó mirando como Nico y Olivia se alejaban en la moto. Zurcidos, que conocía muy bien a Frufrú, se acercó a ella y le acarició la mejilla con las patitas. Frufrú la miró y le dijo:

—Ya lo sé… Nico no es tan creído, y además es bastante simpático.

Frufrú estaba hecha un lío.

Había sido tan antipática con Nico desde el primer día que ahora no sabía cómo cambiar de actitud. El corazón de Frufrú era algo parecido a esto:

y ahora
o sé cómo
ecirle que
lo siento

Y ADEMÁS HE DECEPCIONADO A OLIVIA

HE SIDO MUY ANTIPÁTICA CON ÉL

Olivia, mientras, no podía dejar
de pensar en su amiga. ¡Le daba
tanta pena verla así de disgustada!
Era una lástima que las cosas entre
ella y Nico no funcionasen bien.
Pero la verdad es que recorrer
las calles en la moto de Nico era
tan chulo que por un momento se
olvidó de todo. Se sentía como en
una película.

Nico se dio cuenta enseguida de que a Olivia le encantaba ir en moto, de modo que antes de regresar a la buhardilla le dijo que tenía algo para ella y Frufrú en su casa y que si no le importaba pasar primero por allí. A Olivia se le iluminó la cara:

—Claro que no. ¡Todo lo contrario! ¡Ja, ja, ja! —Sabía que Nico lo había hecho adrede para que el paseo durara más.

Cuando regresaron a la buhardilla, ya era tarde, de modo que Nico dejó a Olivia y se despidió hasta el día siguiente.

Olivia entró en casa luciendo un bolsa nueva. En la mano llevaba otra para Frufrú.

—¡Pero qué bonitas! ¿Dónde las has comprado? —A Frufrú se le borró la tristeza del rostro de repente.

—Las diseña y las hace Nico. Esta es para ti. Me ha pedido que te la diera.

Frufrú se puso roja hasta las alas. A pesar de lo antipática que estaba siendo con Nico, él no se lo había tenido en cuenta. Y además le regalaba una de sus bolsas… Se sintió realmente mal.

—Son preciosas —murmuró cabizbaja.

Nico diseñaba bolsas muy originales con materiales reciclados y fotografías y postales antiguas. Cuando Frufrú se fijó en que las suyas estaban hechas con postales antiguas de París se le iluminó la cara y exclamó:

—¡Tengo una idea, Olivia! —Y se la contó inmediatamente.

—¡Es genial, Frufrú! Propónselo a Nico mañana en cuanto llegue.

—¿Yooo?

—Pues claro, es tu idea. Y seguro que le encantará —le dijo Olivia guiñándole un ojo. Estaba tan contenta. Algo le decía que las cosas entre Frufrú y Nico estaban a punto de cambiar.

Al día siguiente, cuando Nico llegó al taller, se llevó una gran sorpresa. En primer lugar Frufrú le dio las gracias por el regalo, y luego le pidió su opinión sobre unos diseños que querían presentar al concurso.

Nico, sorprendido, se acercó a la mesa de trabajo, y dos segundos después exclamó:

—¡Por todos los botones!

Los tres rieron a carcajadas: a Nico se le había pegado aquella expresión tan típica de Olivia.

—¡Por todos los botones! —repitió Nico—.
¡Pero si son mis bolsas!

—Hemos pensado que podríamos
incluirlas en los diseños para el concurso.
Bueno, si a ti te parece bien —le dijo
Frufrú con una sonrisa que decía
«¿me perdonas por haber sido tan
antipática?».

–¿Que si me parece bien? ¡Sería alucinante! –Nico no se lo podía creer. ¡Estaba tan contento!

No eran necesarias las palabras.
Nico sabía que por fin las cosas habían
cambiado entre los dos. Y Frufrú había
entendido que antes de decidir si alguien
te gusta o no, debes conocerlo.

Una semana más tarde, Olivia enviaba un sobre a la comisión del concurso. En su interior estaban los diseños en los que habían trabajado los tres. El ganador se conocería unos meses más tarde.

Los tres se miraron: habían terminado el trabajo.

Y para Nico acababan también las prácticas.

—Como no me gustan las despedidas he pensado que podríamos ir a jugar a los bolos, ¿qué os parece? —propuso Nico.

—Me parece una gran idea —apuntó Olivia—. ¿Y a ti Frufrú?

—Pues como a mí tampoco me gustan las despedidas, he pensado que podríamos pedir a las estrellas buena suerte para el concurso en el concierto que hay esta noche en el parque. Casualmente tengo tres entradas… —y Frufrú mostró su sonrisa especial, la que tanto había echado de menos Olivia.

—¡Eso sí que es una gran idea! —exclamaron Olivia y Nico a la vez.

Y cuando fueron a abrazarla, Frufrú se escapó volando:

—¡A que no me pilláis!

Y sus risas despertaron aquella tarde a las nubes del París de las hadas.